리락쿠마
여기 있어요

글·그림 **콘도우 아키**

이 책을 읽는 방법

곁에 두고, 좋아하는 시간에
좋아하는 페이지를 열어보세요.
물론 처음부터 읽어도 괜찮아요.

책을 펼치면,
리락쿠마와 친구들이 있어요.
언제, 어디에서라도
리락쿠마 친구들과 만날 수 있답니다.

예, 아니오 외에도
답은 있어요.

모르겠어요

길을 걸어보지 않으면
알 수 없을 거예요.

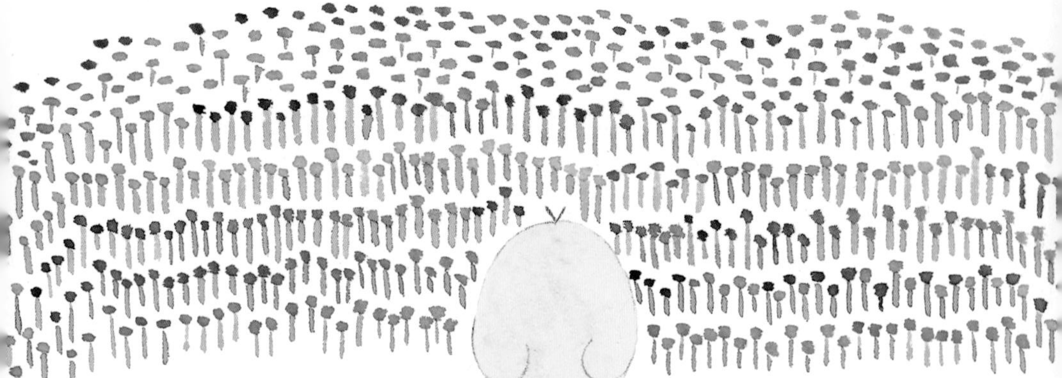

하고 싶은 대로 해도
상관없어요.

막상 해보니
별거 아니야

누구…

맑은 날이 소중하듯

비 오는 날도 소중해요.

잠시 휴식.

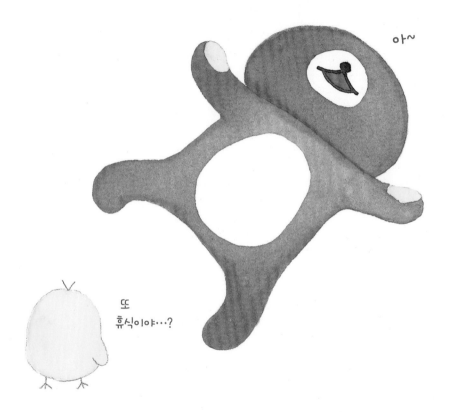

아~

또
휴식이야…?

해가 뜨면 분명
좋은 일이 생길 거예요.

우는 거
아니야

이미 지나간 일이에요.

뱃속으로 이사했어

서로에 대해 잘 몰라도

사이좋게 지낼 수 있어요.

좋아하는 것은
제각각

바람의 방향은
언제든 바뀔 수 있답니다.

보이는 것이
전부는 아니에요.

옷을
껴입었을
뿐이야

자고 있으면
새벽이 찾아온답니다.

참지 안흥아도 돼요.

좋은 건 그냥 좋아.
좋아하는 것에 이유는 없어요.

방금 만든 것도 맛있어
식어도 맛있어

때때로 '아무래도 좋아'라는
생각이 필요하죠.

머리카락이
자라지 않아…
이제 어떡하지…

이제 그만 잘까요?

사람마다 보통의 기준은
다 달라요.

보통이라는 건
어느 정도일까…

매운맛, 쓴맛, 짠맛이 있기 때문에
달콤한 맛을 느낄 수 있는 거예요.

천국은 가까이에.

마음이 흐려졌다면
한번 닦아볼까요.

이제
보인다!

침울해졌을 때

힘을 불어 넣어요.

마음도 머리도
느릿느릿 천천히.

때로는
천천히 흘러가는
물처럼…

앞에서 바람이 불어오면
맞서는 대신 방향을 바꿔
바람과 함께 가세요.

늘 성장 중.

머리가…

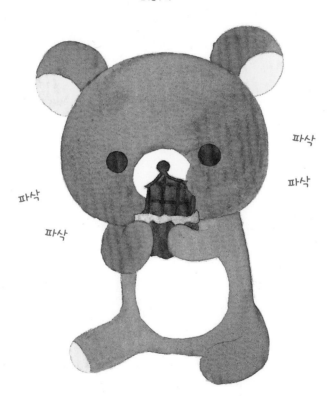

파삭

파삭

파삭

파삭

쓸데없는 마음은
쓰레기통에 버려요.

화난 마음도
버릴까요?

때론 이유 없이
일어나는 일도 있죠.

낙서는
왜 했어…?

모으는 즐거움
사용하는 즐거움.

즐거움이
두 배

생각의 방향은
스스로 바꿀 수 있어요.

불평하는 게 아니에요.
감상하는 거죠.

좀 더
큰 거면 좋겠어…

지금은
조금 멀리 있을 뿐이에요.

기분 좋은 일은
조금 멀리 있어

배고픔은 건강하다는 증거.

계속 자라고 있어요.

잠재력은 어디까지
늘어날지 몰라

진정한 내 모습을
다시 떠올려봐요.

몸도 마음도
청소

싫은 일은
좋은 일로 잊어버려요.

시간이 사라졌네요.

어느새···

벌써
해질녘이네

잊어버리는 것도
재능이에요.

느긋한 마음은
방긋한 웃음을 데려와요.

좋은 얼굴을
하고 있군…

좋아하는 게 많을수록
행복이 늘어난답니다.

늦잠은 신이 주는
선물이에요.

받지 마!

인연에 맡겨두어요.

인연이 있는 것은
내 손에 들어오게
돼 있어…

시선이…

멈춰 있는 것처럼
보일 뿐이에요.

누워서 몸을 뒤적이며
에너지 소비

차차 생각해보아요.

머리가
멈췄어

불안은 머릿속에만
있는 것이에요.

쓸데없는
걱정일지도 몰라

오늘은
아무것도 안 하는 날.

Z Z Z z

전부 날아가 버리면 좋을 텐데.

뱃살이야…

저게
뭐야?

나의 이야기를 들어줄 사람은
분명 있어요.

눈꺼풀은 갑자기
무거워지는 법이에요.

아무리 이야기해도 이해할 수 없는 것들이 있어요.

왜…
쓰레기통에
넣지 않는 거야…

한 가지 길만 있는 건 아니에요.
분명 다른 길도 있어요.

울지 말고
맛있는 걸 먹어봐

노력한 결과.

살기 편해졌어

앞이 보이지 않을 땐
잠시 가만히 있어 보아요.

맑지 않아도 맑음.

물질적인 것보단
가치가 있는 소중한 것을 곁에 둬요.

정말 중요한 건
그리 많지 않아

내일은 분명
좋은 날.

리락쿠마 여기 있어요

1판 1쇄 인쇄 2019년 4월 1일
1판 1쇄 발행 2019년 4월 15일

글·그림 콘도우 아키

발행인 양원석 **본부장** 김순미 **편집장** 최두은 **책임편집** 차선화
디자인 RHK 디자인연구소 박진영 **제작** 문태일, 안성현
영업마케팅 최창규, 김용환, 정주호, 양정길, 이은혜, 조아라,
신우섭, 유가형, 김유정, 임도진, 정문희, 신예은

펴낸 곳 ㈜알에이치코리아
주소 서울시 금천구 가산디지털2로 53, 20층 (가산동, 한라시그마밸리)
편집문의 02-6443-8861 **구입문의** 02-6443-8838
홈페이지 http://rhk.co.kr **등록** 2004년 1월 15일 제2-3726호

ISBN 978-89-255-6599-6 (03800)

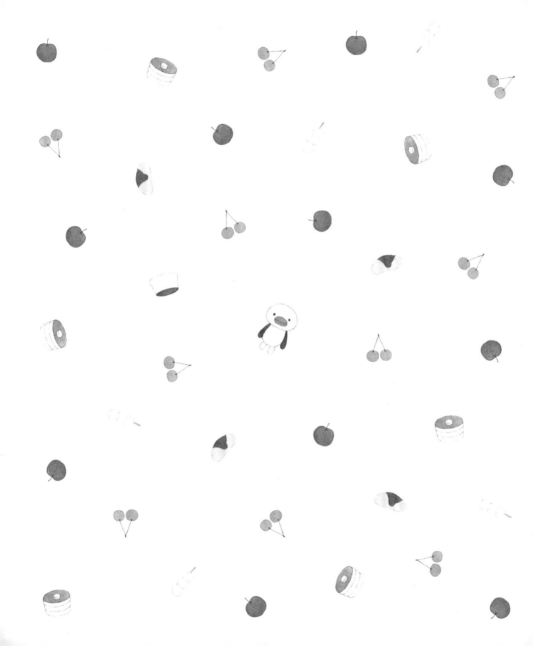